Ye

25705

# LETTRE

## DU CHEVALIER

# DE LAURÉS

*Aux Messieurs qui doivent concourir cette année pour le Prix de Poësie de l'Académie Française.*

## SUIVIE

## D'UNE RÉPONSE

## DE CORNEILLE.

## A AMSTERDAM;

*Et se trouve* A PARIS,

Chez VALLEYRE l'aîné, rue de la vieille Bouclerie.

M. DCC. LXXIX.

# AVIS
## DES ÉDITEURS.

**M.** LE CHEVALIER DE LAURÉS,
est connu par plusieurs Prix qu'il a remportés
à l'Académie Française & à celle des Jeux
Floraux ; par une imitation en Vers Français
de la Pharsale ; par une Tragédie intitulée,
Thomire ; une Comédie intitulée la Statue,
& quelques Poésies fugitives. Il a laissé quelques actes d'Opéra non imprimés. C'était un
homme pauvre & vertueux ; il eut très-peu
d'amis & point de prôneurs. Il ne faut pas
douter que la Lettre suivante n'ait été composée
aux Champs Élisées ; elle nous a été remise
par une personne qui en revient.

# LETTRE

## *DU CHEVALIER*

# DE LAURÉS

*Aux Meſſieurs qui doivent concourir cette année pour le Prix de Poëſie de l'Académie Françaiſe.*

MESSIEURS,

LORSQU'ON eut appris dans ce ſéjour que l'Académie Françaiſe avait propoſé l'*Eloge de Voltaire* pour ſujet du Concours Poëtique, toutes les Ombres de ma connaiſſance en furent enchantées ; il ſe tint là - deſſus beaucoup de converſations aimables ; il ſe fit beaucoup de vers : j'ai recueilli les derniers, & je vous les envoie. Ces vers renferment les jugemens de quelques Ombres célebres.

A iij

sur les Ouvrages de Voltaire. J'ai remporté plusieurs
fois le prix de Poësie ; je sais combien ce triomphe
est doux. En vous communiquant ces jugemens,
mon desir est de vous fournir des matériaux pour
vos Pieces de Concours, & de vous faire ainsi par-
ticiper aux honneurs que j'ai reçus. Si ma Lettre
devient utile à l'un de vous, tous mes vœux se-
ront comblés : le véritable Amant de la gloire jouit
des victoires de ses rivaux ; il n'y a que l'envieux
qui s'en irrite.

Quelques jours après que Voltaire fut mort, il
se répandit dans l'Elisée un bruit sourd que ses con-
citoyens ne rendaient point à sa cendre les honneurs qu'ils avaient rendus à sa personne : je ne
pouvais le croire : bientôt ce bruit me fut confirmé
par les vers suivans que je trouvai écrits sur l'écorce
d'un cédre :

> D'un Prince obscur la royale poussiere
> Est renfermée en des vases brillans ;
> Voltaire meurt, & ce Roi des talens
> A peine obtient une tombe grossiere.

Personne encore n'a pu me dire de qui étaient
ces vers ; mais j'ai quelques raisons pour croire qu'ils
sont de Moliere. Ce dernier, après sa mort essuya le
même affront que Voltaire. C'était à l'Auteur du
Tartuffe à venger l'Auteur de Mahomet.

Voltaire se présente d'abord à l'esprit comme
Poëte dramatique. Voici des Stances où, sous cet
aspect, je le crois assez bien apprécié.

# STANCES

## SUR LES TRAGIQUES FRANÇAIS.

CORNEILLE est un torrent qui, du haut des montagnes,
Tombe, bondit, retombe & se releve encor :
    Il traîne au milieu des campagnes
Des perles, des cailloux, de la fange & de l'or;

    Racine est un fleuve tranquille
    Qui, réglé dans ses mouvemens
    Roule les plus beaux diamans
    Mêlés de quelque peu d'argile.

    Que dirai-je de Crébillon ?
C'est un ruisseau de sang dont l'onde frémissante
Serpente avec fracas dans le sacré vallon,
    Et laisse une longue épouvante.

Voltaire est à la fois ruisseau, fleuve, torrent :
Chacun d'eux lui ressemble, il n'a point de semblable :
    Il est tendre, terrible, grand ;
Et quoiqu'imitateur, souvent inimitable.

Ces Stances courent depuis plusieurs jours dans
l'Elisée : c'est Thiriot qui me les a fait connaître.

Ce bon-homme de Thiriot n'a point changé de
goût ni d'occupation ; il raffemble toujours tous les
vers bons & mauvais qui fe font dans l'année : en
me remettant ces derniers, il m'a dit qu'ils étaient
de Boileau ; je n'en crois rien. Qui que ce foit qui
les ait compofés, je fuis affez de l'avis de l'Auteur.
Thiriot m'a furpris davantage en m'apprenant que
Chaulieu avait auffi concouru pour l'Eloge de Voltaire : je ne l'aurais jamais cru de ce pareffeux. Il
m'a remis fa piece de Concours ; on ne peut pas fe
méprendre à cette derniere ; c'eft la négligence de
Chaulieu, fa grace abandonnée : ce font fes formes
profaïques, mais douces & harmonieufes : d'ailleurs
l'Abbé que j'ai vu dernierement m'a affuré que la
Piece étoit de lui ; je n'en voudrais pas jurer. Quand
il paraît un joli Ouvrage auquel l'Auteur a la bonté
de ne pas mettre fon nom, certains Meffieurs fe
l'appliquent bravement ; d'autres à qui on l'attri-
bue fupportent cet affront avec beaucoup de pa-
tience, & fe laiffent calomnier avec une réfignation
vraiment édifiante : j'en ai vu plus d'un exemple de
mon vivant. Au refte, Meffieurs, je m'en rap-
porte à votre difcernement & à votre goût pour
décider la queftion dont il s'agit ; mais allons pied
à pied, il n'eft pas tems encore de vous tranfcrire
la Piece de Chaulieu. Voltaire fut grand par la
Henriade avant de l'être par fes Pieces fugitives :
c'eft de la Henriade que je vais parler, ou plutôt je
vais vous rapporter la converfation que Virgile &

Voltaire lui-même eurent dernierement enfemble fur ce Poëme. J'étais caché fous une charmille où je ne pouvais pas être vu ; j'entendis tout très-diftinctement : ce fut Virgile qui parla le premier.

### VIRGILE.

Ombre chere à mon cœur, ingénieux Voltaire ,.
Cygne mélodieux que pleure encor la terre ,
Te voilà donc enfin, par un coup non fatal ,
Admis dans le féjour des vertus, du génie ;
Et je puis me livrer à la joie infinie
De voir mon fucceffeur, d'embraffer mon rival.

### VOLTAIRE.

Qui ? moi votre rival ! Ah ! foyez donc plus jufte ;
Ah ! donnez-moi, mon Maître , un titre moins augufte ;
C'eft votre imitateur qu'il vous plaît d'embraffer.

### VIRGILE.

En imitant fon Maître , on peut le furpaffer ;
Et moi-même , en fuivant les veftiges d'Homere ,
N'ai-je donc mérité qu'une gloire éphémere ?
Va, les Divinités dont nous aimons les loix,
Approuvent ta fageffe ainfi que notre audace.
Nos bûftes révérés autant que ceux des Rois,
Tous trois du même éclat brillent fur le Parnaffe,
Et du même laurier y font couverts tous trois.

## VOLTAIRE.

Tel on fiffle à Paris qu'au Parnaffe on révere :
Le Français très-aimable eft auffi très-févere.
J'avais à peine vu deux fois onze printems
Quand ma Mufe embouchant la trompette héroïque,
Célébrait de Henri les exploits éclatans :
Cette audace précoce irrita la critique.

## VIRGILE.

Eh bien ! à tes efforts l'Augufte de ce tems
Accorda fon fuffrage, & du haut de fon trône,
Sur ton front jeune encor fufpendit la couronne
Qui dut être le prix de tes travaux conftans.

## VOLTAIRE.

Détrompez-vous, chere Ombre, & me daignez entendre ;
Augufte fut toujours votre ami le plus tendre ;
Augufte, de vos vers & de vous occupé,
Vous faifait par Mécene inviter à foupé ;
Sa vertueufe fœur, noble amante des Lettres,
En beaux écus Romains payait vos hexametres.
Ce fort eft affez doux : avec de tels fecours
Les travaux les plus longs peuvent paraître courts.
C'eft au fond *du Château, palais de la vengeance,*
*Qui renferme fouvent le crime & l'innocence ;*

C'eſt-là qu'environné de périls & d'ennuis,
J'eſſayai de chanter le meilleur des Henris.
Dans le Palais d'Auguſte, à la Cour d'un grand homme ,
On célebre aiſément le fondateur de Rome ;
Mais on a plus de gloire à faire de beaux vers ,
Lorſqu'on eſt accablé ſous le poids des revers.
Où l'obſtacle s'accroit , le triomphe s'augmente.

### ·V I R G I L E.

Ton vaiſſeau fut long-tems battu par la tourmente ;
Je le vois.

### V O L T A I R E.

Je dis plus : je n'ai pu que glaner
Aux champs où votre bras venait de moiſſonner.
Comment fertiliſer une terre inféconde ?
Né dans un tems propice où la religion
Avait peuplé de Dieux le Ciel , la terre & l'onde,
Vous putes ſans effort , ſans étude profonde,
Faire agir les reſſorts d'une longue action.
Entre la Fable impie & la Sainte Légende ,
Il le faut avouer , la différence eſt grande.
Tous nos reſſorts divins ſont d'un faible ſecours,
Eh bien! il me fallut dans mes veilles auſteres
Proſcrire, rejetter vos aimables chimeres ;
Et chez la vérité prendre tous mes atours ;
Elle m'en fournit peu, car on ſait qu'elle eſt nue.

## VIRGILE.

Qu'eſt-il de préférable à la Nymphe ingénue,
Qui, ſans vains ornemens, belle de ſa beauté,
Ne doit rien à l'éclat d'un habit emprunté ?
Telle eſt la Henriade.

## VOLTAIRE.

### A mon allégorie ·

Prétez encor l'oreille un moment, je vous prie.
Le Dieu des vers vous dit : « mortel, tu veux bâtir
» Un temple à ta mémoire, un édifice illuſtre,
» Qui puiſſe à tes neveux chaque jour, chaque luſtre,
» Laiſſer de ton génie un noble ſouvenir ;
» Prends du marbre, de l'or, conſtruis, éleve, ordonne,
» Arrondis l'or en vaſe & le marbre en colonne ;
» Prends, mes tréſors pour toi ne ſauraient s'épuiſer. »
Il me dit : « le deſir de t'immortaliſer
» Du Chantre des Latins te fait ſuivre l'exemple ;
» A ta mémoire auſſi tu veux bâtir un temple
» Qui tranſmette ton nom à la poſtérité :
» Tremble, tu paîras cher cette immortalité :

_Nota._ Une partie des idées de ce Dialogue eſt priſe de _l'Eloge de Voltaire_, par M. de la Dixmerie, prononcé dans la Loge des Neuf-Sœurs ; ouvrage plein de raiſon, d'eſprit & d'idées neuves, & qui a eu autant de ſuccès à l'impreſſion qu'à la lecture générale qui s'en eſt faite.

« Audacieux, pour toi je n'ai que de la pierre. »

### VIRGILE.

Son difcours était clair. Oui, ma religion
Fut pour moi, je l'avoue, une riche carriere
Où le jafpe, le marbre avec profufion,
S'offrirent fous mes mains. La tienne eft moins aimable.
On admire l'Hiftoire, on adore la Fable.

### VOLTAIRE.

Voilà, voilà pourquoi des Critiques malins
Ont fait long-tems la guerre à mes alexandrins.
Mon ftyle eft toutefois tant foit peu monotone.
Leur reproche eft fondé.

### VIRGILE.

Leur reproche m'étonne :
Tu taillas dans le roc, & tes heureux travaux
Ont transformé la pierre en marbre de Paros.
Adieu. Je vois Didon & je vole près d'elle ;
Cette Reine toujours eut des droits fur mon cœur ;
Mais crainte d'exciter fa jaloufe fureur,
Ne lui dis pas combien j'aime ta Gabrielle.

Après cette converfation, où Voltaire fut jugé
par un de fes Pairs d'une maniere affez raifonnable,
quoique poëtique, Virgile nous quitta pour joindre
Didon que j'apperçus au fond d'une allée. Je con-

templai pendant quelques inftans cette Reine célebre ; une mélancolie touchante était répandue fur
toute fa perfonne, une douceur majeftueufe régnait fur fon vifage ; je la vis s'avancer au-devant
de celui qui l'a fi bien chantée ; elle lui tendit la
main avec bonté & d'un air de familiarité noble ;
& tous deux s'enfoncerent myftérieufement fous un
bofquet de mirthes où bientôt je les perdis de vue.
Ils avaient l'air de deux amans qui fe rendent au
lieu du tête-à-tête. Je fus un peu furpris de voir
une grande Reine traiter ainfi le fils d'un Potier.
J'abordai le grand Voltaire, dont je n'étais pas
loin, & auquel j'avais déjà eu l'honneur d'être
préfenté ; je lui témoignai ma furprife de ce que
je venais de voir : eh quoi ! me dit-il, cela vous
étonne ! Tels font les droits du génie. C'eft ainfi
que me traita Frédéric lorfque j'allai en Pruffe : ce
grand Roi vint lui-même au-devant de mon car-
roffe ; & pour en defcendre, il voulait même que
je m'appuyaffe fur fa main royale. J'apprends
qu'après ma mort, fous fa tente, en bottes & le
fabre au côté, il a compofé mon Eloge funébre &
l'a fait prononcer dans fon Académie de Berlin. Je
ne fais trop lequel des deux ce trait honore le
plus, de Frédéric ou de Voltaire.

Convenez, ajoutai-je enfuite, qu'il eft bien
doux pour un grand Poëte de s'entendre apprécier
par Virgile, comme vous venez de l'être. --- Eh
quoi ! vous avez entendu notre converfation. ---

Je n'en ai pas perdu un mot, lui dis-je ; il me semble que vous avez bien fait connaître à Virgile les difficultés que vous avez furmontées dans la Henriade ; il me semble qu'il vous a très-bien entendu, qu'il vous a rendu juftice ; & s'il eft permis d'ajouter quelque chofe à ce que vous avez dit l'un & l'autre, je crois qu'il a fallu à Voltaire autant de génie pour faire la Henriade avec une machine mefquine & pauvre, qu'avec une machine grande & féconde il en a fallu à Virgile pour compofer l'Enéide. Suppofez Voltaire à la place & à l'âge de Virgile, il aurait fait l'Enéide ; fuppofez Virgile à la place & à l'âge de Voltaire, il aurait fait la Henriade. Tenez, me répondit-il, quand nous fommes morts, la modeftie eft inutile ; les vivans mêmes nous en difpenfent, puifqu'ils nous louent tout haut. Eh bien ! ce que vous venez de dire, je l'ai penfé plus d'une fois, & je ne fuis pas le feul.

Je continuai. A propos, favez-vous que j'ai à vous lire une fort jolie Piece de vers dont vous êtes le fujet ? Eft-ce des *Mufes Rivales* que vous voulez parler, me dit-il, je les connais ?

Je fais qu'en ce Drame charmant,
Par les neuf Vierges d'Hipocrene,
Mon Eleve très-galamment
M'a fait couronner fur la fcene ;

Mais ce Monfieur, en fe nommant
Le plus zelé de mes Apôtres,
Cueille une palme en ce moment
Qui vaut feule toutes les nôtres.

Non, lui dis-je, il s'agit de quelque chofe de plus nouveau. — Eft-ce de mon *Apothéofe au Parnaffe* ?

Je fais qu'en beaux alexandrins
Chab.... m'a fait au Parnaffe
Accorder les honneurs divins,
De fon zele je lui rends grace ;
Mais je crains bien que ce mortel
Durant cette cérémonie,
Ne fe foit gliffé fous l'autel
Qu'on élevait à mon génie,
Et que, grace à l'*incognito*,
Parvenu jufqu'au fanctuaire,
Les Déités que je révere
Ne faffent quelque *quiproquo*
Et ne le prennent pour Voltaire.

Voyant qu'il était dans le délire des jolis vers, je refpectai le Dieu qui femblait l'agiter ; & fans lui dire un feul mot, je le laiffai aller. Il continua de la forte : eft-ce des vers du jeune Font.... ?

Je

Je fais que ce jeune homme, amant de la Sageſſe ;
Qui fait, dit-on, revivre & Virgile & Lucrece,
    A d'un vers auſtere, nerveux,
Dévoilant mes écarts à mes derniers neveux,
Gourmandé mon ciniſme & tancé ma vieilleſſe,
Son audace n'a rien qui me doive fâcher,
    Je ſens, & ne puis me cacher,
Qu'il manque à mes écrits de précieux ſuffrages ;
    Et comme lui, je voudrais arracher
    Plus d'un feuillet de mes Ouvrages.

Je ne répondis rien ; il continua : eſt-ce de *la Réponſe de Corneille* (1) que vous voulez parler ? C'eſt Corneille lui-même qui me l'a lue : il n'y a pas trop reconnu ſon ſtyle ; mais je n'en ai pas moins d'obligation à l'Auteur.

    Certaine Muſe clandeſtine
    Me faiſait gliſſer ſourdement
    Entre Crébillon & Racine,
    Place, entre nous, un peu meſquine ;
    Qui ne me convient nullement ;
    Il m'a vengé loyalement,
    Et d'une maniere aſſez fine.

_____

(1) Elle eſt imprimée à la ſuite de cette Lettre.

B

Je fais, on me l'a dit là-haut,

Que ce jeune homme a le défaut

D'aimer les Mufes & les belles,

Et les Ninon & les Saphos ;

De faire fa Cour aux Pucelles

Et du Parnaffe & de Paphos :

De bon cœur je le remercie

De fes vers galans & flateurs

Et fouhaite que dans fa vie

Il ait fouvent, malgré l'envie,

De fa Maîtreffe les faveurs

Et le prix de l'Académie.

Il fe tut. Voyant que l'accès Poëtique était paffé, je lui dis : Ombre immortelle, toutes les Piéces que vous venez de défigner font auffi agréables que bien écrites; mais ce n'eft point d'elles qu'il s'agit. Vous voulez donc parler du Difcours de Réception de M. Du.... ajouta-t-il ; c'eft le brufque Duclos lui-même qui me l'a lu. On fait qu'il n'aime point les louanges ; cependant cet Ouvrage lui a plu; tant celles qu'on m'y donne lui ont paru juftes, tant il a trouvé ce Difcours fagement & noblement écrit ! Il a dit quelque part (1) : *Il n'y a guère d'Eloge dont on pût deviner le Héros, fi le nom n'était en tête.* Je ne crois pas qu'on puiffe jamais

_____

(1) Voyez *les Confidérations fur les mœurs*, Chap. des Louanges.

appliquer cette maxime au Difcours de M. Du....
Mais voyons enfin la Piéce que vous me faites at-
tendre depuis fi long-tems. C'eft votre Eloge, lui
dis-je, compofé par Chaulieu ; je le tiens de Thiriot. --- De Thiriot, dit-il ? Le cher homme me
boude fans doute ; je ne l'ai pas encore vu. Je tirai
de ma poche les vers fuivans, & je les lui lus
moi-même.

# ÉLOGE

# DE VOLTAIRE;

*Adreffé aux Quarante.*

Salut, Meffieurs les Beaux-Efprits ;
Je veux auffi louer Voltaire,
Et j'aurai mérité le prix
Si je prouve que fes écrits,
Plus que les miens, doivent vous plaire.
Or, écoutez, la chofe eft claire.
Jadis le vieillard de Théos,
De fes vers où regnoient la grace & l'harmonie,
Fit retentir tous les échos,
Et de Corinthe & d'Ionie.
Bacchus, enchanté de fes fons ;
A fouvent applaudi fes aimables chanfons ;

Mais, dévoré par fois de flammes criminelles ;
Ce vieillard, préférant Ganimede à Vénus,
A célébré des goûts à Cythere inconnus ;
Des goûts usurpateurs de l'empire des Belles.

Catulle est plus que libertin ;
Tibulle, souvent chaste, est quelquefois chagrin ;
Moi, je laisse avec négligence
Tomber mes vers avoués des neuf Sœurs.
Comme un autre j'ai des Censeurs ;
Mais je les force à l'indulgence.
On aime mon insouciance,
Mon voluptueux abandon :
Ma paresse sur-tout, ma constante paresse,
Péché délicieux qui toujours intéresse,
De mes autres péchés, qu'humblement je confesse ;
Me fait obtenir le pardon.

Elle seule, en tout tems, me tint lieu de génie ;
Je suis, sans le savoir, fidele à l'harmonie,
Et, dans mes plus simples quatrains,
Je seme toujours quelques grains
D'une douce philosophie.

Un de mes Editeurs, homme des plus savans,
Retranché depuis peu du nombre des vivans,
M'a reproché comme un grand crime,
D'avoir laissé des vers sans rime :
Je ne m'en suis point apperçu,
Et jusques à présent je n'en avais rien sçu.

Voltaire, fans jamais fe traîner fur mes traces,
Voltaire, plus fécond, plus neuf, plus varié;
N'a jamais fait rougir les Mufes ni les Graces:
Son vers toujours facile eft fouvent châtié.

    Mon Ode fur la Solitude,
      Et mes Epitres à Bouillon,
Quoique faites fans art, ainfi que fans étude;
      Sont les délices d'Apollon.

Combien il doit aimer, & lire davantage,
Tous ces enfans légers d'une Mufe volage,
Que Voltaire a conçus auffi-tôt que diétés!
Ils préfentent des miens les naives beautés,
      Et l'élégance eft leur partage.
      Il eft plus d'un Auteur vanté,
Qui, pour la feinte Iris, qu'il aime, qu'il adore,
Compofe chaque jour un bouquet inodore;
Et, quoique très-heureux, maudit fa cruauté.
Voltaire a des Iris, mais ces beautés aimables,
Il ne les cherche point dans le pays des fables.
Les appas qu'il décrit, il les a toujours vus;
      Il ne retrace la mémoire
      Que des baifers qu'il a reçus;
C'eft le cœur, non l'efprit, qui fe plaît à le croire;
      Ce n'eft point de fon cabinet
Qu'il trace en vers pompeux le lever de l'Aurore,
De l'antique Jura, dès qu'elle le colore;

Ses pinceaux à la main, il gravit le fommet
  Et s'il va cueillir un bouquet,
  C'eft toujours fous les yeux de Flore.
Tous ces riens fugitifs, ouvrages du moment,
  Qu'enfante fa Mufe polie,
  Sont dictés par le fentiment.
  Jamais cette aimable étourdie
  Ne prépare fon compliment;
  Et quoique fans ajuftement,
  La friponne en eft plus jolie.
  Soit qu'il célebre Richelieu,
Qu'il chante Fréderic, qu'il écrive à Vendôme,
  Il ne voit qu'un ami, qu'un homme,
  Où le flatteur verrait un Dieu.
Son adroite fierté n'a jamais rien qui bleffe;
Il reprend avec grace, il loue avec nobleffe;
Il ne veut ni donner, ni recevoir la loi,
Et l'on ne fait enfin s'il eft Poëte ou Roi;
  Mais fi de l'ami de Mécene
  Il a l'urbanité Romaine;
Et fi par elle, il plait aux Belles, aux Héros,
  Par un agréable atticifme,
  Il eft encor l'effroi des fots
  Et la terreur du fanatifme :
  L'hydre dévōte, en le voyant,
S'irrite; mais en vain fur le joyeux Hercule

Elle lance un regard terrible, menaçant ;

    Avec l'arme du ridicule

    Il la décapite en riant.

    Amer & doux comme l'Abeille,

Il en a tour-à-tour le miel & l'aiguillon ;

Sous ſes coups redoublés expire le frelon.

    Des fleurs du célebre vallon,

    Son œuvre immenſe eſt la corbeille ;

    Elle eſt la dépouille vermeille

    De tous les roſiers d'Apollon.

    Toutes ces fleurs ſont immortelles ;

    On ſe plaît à les admirer ;

Il en eſt cependant que l'on peut préférer :

Pour mon uſage, moi, j'ai choiſi les plus belles ;

Et des *vous*, & des *tu*, de l'Epitre à Gauſſin,

Des Contes de Vadé, des il faut, du Mondain,

Des vers à Genonville , à Boufflers, à Gondrin ;

Du récit des malheurs de Pangloſſ, de Martin,

De plus d'un autre Conte utile au genre humain ;

    Et de plus d'un pamphlet malin,

    Qu'ici je nommerais ſoudain,

Si j'étais moins gêné par les rimes en ain ;

De ces fleurs qui, je crois, vivront plus d'un matin

    J'ai fait un bouquet clandeſtin,

    Que, pour éviter le reproche

    Des bonnes gens de ce jardin,

Quand je veux m'égayer en un bosquet lointain,
Seul, & tout doucement, je tire de ma poche.
Comme en tous ces écrits moraux, quoique plaisans;
    De ce bon siécle dix-huitiéme,
De ce siécle maudit que l'on fronde & qu'on aime,
Il peint tous les travers, tous les vices charmans!
    C'est dans ces miroirs non fragiles,
    Qu'on va reconnaitre à jamais
Ces Papillons légers, brillans & versatiles,
    Que l'on appelle des Français.
C'est-là, c'est-là sur-tout, qu'il a fixé les traits
    De ces radieux volatiles.
Ma lettre est déja longue : eh bien! ce n'est pas tout.
Je vous dirais deux mots sur le *Temple du Goût*,
    Où je me suis vu peint d'après nature ;
Mais je suis las, bien las d'écrire, je vous jure,
Et mes doigts paresseux, peu faits aux longs écrits,
Déja sur le papier s'arrêtent engourdis.
D'ailleurs, j'ai ce matin, par la porte d'ivoire,
A l'insu de Pluton, fait entrer dans ces lieux,
    Quelques flacons d'un vin délicieux :
    Avec Ninon je vais les boire.
    Que par Mercure un jour je sois instruit,
Si mes vers ont gagné le prix ou l'accessit,
    Et dans une agréable orgie,
    De roses couronnant nos fronts,

En attendant ; nous porterons
La fanté de l'Académie.

Voltaire fourit plufieurs fois pendant la lecture
de cette piéce. Ces vers font jolis, me dit-il enfuite ; mais je les trouve un peu leftes. Le Sei-
gneur de Fontenay a oublié qu'il avait eu jadis
quelques torts avec l'Académie, & qu'il aurait dû
lui parler, peut-être, fur un ton plus grave. Je
doute qu'il remporte le prix ; cependant je voudrais qu'il l'eût. J'aime les Abbés qui aiment le
vin & la tolérance. Il n'eft pas poffible, lui dis-je,
qu'il obtienne la Médaille ; fon Ouvrage eft incom-
plet, il n'y parle que de vos piéces fugitives.----
C'eft bien affez pour un pareffeux comme lui ;
d'ailleurs il fe traîne jufqu'au *Temple du Goût.*----
Oui, mais il faute à pieds joints vos belles Tragédies. N'importe, je veux cabaler pour lui ; en
difant cela, il tira un crayon de fa poche, & traça
en forme d'apoftille, les vers fuivans fur le blanc
qui reftait derrieré la piéce de Chaulieu ; ils font
adreffés à vos Juges & aux fiens.

Du bon Chaulieu les vers font un peu fous,
Pardon, Meffieurs, je fens que fon Epître
Pourra fort bien ne pas vous plaire à tous;
Mais d'où viendrait pourtant votre coûroux ?
S'il vous déplait, que je fache à quel titre.

Quel eſt ſon tort ? Auteur joyeux , léger ,
Légerement il a dû me juger.
Vous le ſavez , le rire a ſon mérite ,
Il eſt par fois très-bon de s'égayer :
C'eſt un ſecret que , de peur d'ennuyer ,
Devrait avoir plus d'un Auteur qu'on cite.
On lit autant Lucien que Tacite ,
Et bien ſouvent pour corriger les ſots ,
Pour réformer les erreurs de la terre ,
Ne faut-il pas que la ſageſſe auſtere
De la folie emprunte les grelots ?

A peine eut-il achevé d'écrire , que nous
vînies arriver à nous un *Nouvelliſte du Parnaſſe.*

Ce n'était point le gros Abbé
Qui fut & Journaliſte & Prêtre ,
Qui reſta long-tems à Bicêtre
Sous le faix des chardons courbé.
C'était ce Philoſophe aimable ,
Dont le génie infatigable ,
Confondant , démaſquant l'erreur
Et ſa Milice malfaiſante ,
Trancha la tête renaiſſante
De ce ſerpent dévaſtateur ,
Qui marcha long-tems ſur les traces

Et d'Ariſtote & de Platon,
Qui fit long-tems à la raiſon
Parler le langage des graces,
Qui déroula le peloton
Dont le fil d'une eſpece unique,
Sous une main philoſophique,
Gliſſant avec rapidité,
Guide le ſage dans ſa route,
Et par le long chemin du doute
Le conduit à la vérité.

C'était Bayle enfin. Il aborde Voltaire avec reſ-
pect, & lui dit : Ombre que j'aime, vous ſavez
que les habitans de l'Eliſée m'ont choiſi pour leur
Journaliſte, & que je continue *les Nouvelles de la
République des Lettres*. Vous étiez en train hier de
me conter une anecdote aſſez plaiſante, lorſqu'un
Courier de Mercure vint nous interrompre, pour
vous remettre un ouvrage intitulé, je crois, *les
Epoques de la Nature*. Juſtement, répondit Voltaire : pardon, ſi je vous quittai pour lire ce livre
ſublime. J'ai toujours beaucoup aimé les ouvrages
de Pline (1) ; il ſemble que dans celui-là, ce
Naturaliſte célebre ſe ſoit ſurpaſſé lui-même ; on
dirait que Platon l'a imaginé, & que Cicéron

_____

(1) *Voltaire prend ici Pline pour M. de Buffon. Cette mépriſe eſt pardon nable.*

l'a écrit. Ne tardez pas, dit Bayle, à me continuer le récit que vous m'aviez commencé, ou plutôt recommencez-le, je vous prie ; car je ne m'en souviens que faiblement, & je voudrais qu'il fût dans le prochain ordinaire. Il n'y a rien de bien merveilleux dans cette anecdote, dit Voltaire ; c'est la conversation de deux originaux que j'ai entendue sans en être vu, à-peu-près, comme vous venez d'entendre celle que j'ai eue avec le grand Virgile, ajouta-t il en me regardant, & malheureusement, c'est encore de moi qu'on parlait. Eh bien ! tant mieux, lui dis-je, tous les Journaux qu'on fabrique à Paris sont pleins de votre nom ; pourquoi ceux de l'Elisée seraient-ils privés de cet honneur ? Tandis que je parlais, je vis son front s'éclaircir, ses yeux petiller d'un feu céleste, toute sa phisionomie s'animer ; je pensai que le Dieu agissait intérieurement, je ne me trompais pas. Il commença de la sorte :

L'Auteur bourru qui composa les Graces,
Et cet Auteur non moins bourru que lui,
Qui, d'Ariofte ofa suivre les traces,
Qu'on lut jadis, qu'on méprise aujourd'hui ;
Saint-Foix enfin, & Bergerac, ensemble,
Causaient un jour sous l'ombrage d'un tremble,
D'où descendaient des touffes de jasmin ;
J'étais affis sous le berceau voisin,

Et je traçais fur la docile Arene ;
Les noms chéris d'Agathocle (1) & d'Irene,
Des fons confus & mélés à des cris,
Se font entendre à travers les feuillages.

### S. FOIX.

Eh quoi ! vous avez lu mes eſſais fur Paris,
Et vous m'oſez vanter les frivoles écrits
Où Voltaire a voulu fous ſes pinceaux volages
Fixer des nations les mœurs & les uſages ?
Ne l'admirez point tant ; dans ſes légers portraits
De Charle & de Louis on cherche en vain les traits.

### BERGERAC.

Je les y trouve peints toujours d'après nature ;
Quelquefois même en grand.

### S. FOIX.

Dites en mignature.

### BERGERAC.

Charles ſur-tout m'enchante, en liſant ſes hauts faits,
Que j'en veux au deſtin ! S'il eût permis jamais,
Qu'avec ce Héros-là je fiſſe une campagne,
La victoire eût toujours été notre compagne ;

---

(1) *Irene & Agathocle ſont les deux dernieres Tragédies de M. de Voltaire.*

Et jamais on n'eût vu les palmes de Narva
Se flétrir sans retour aux champs de Pultava.

## S. FOIX.

Dans le métier de Mars vous pouvez vous connaître ;
Mais dans l'histoire, moi, jamais je n'eus de maître.

## BERGERAC.

Titre vain, titre nul, pour me donner la loi!
Le sévere Boileau dit, en parlant de moi :
*J'aime mieux Bergerac & sa burlesque audace,*
*Que ces vers où Motin se morfond & nous glace.*

## S. FOIX.

Beau triomphe en effet, que d'éclipser Motin,
Le rival de Gâcon, ou même de Cotin !
Vous avez (1) voyagé dans les célestes plages,
Et si vous préfériez les aimables voyages
De Memnon, de Candide & de Scarmentado
A vos contes en l'air, je dirais *concedo.*

## BERGERAC.

Pour ces contes en l'air (2), si vous aimez la vie
Ayez plus de respect, c'est à quoi vous convie

---

(1) *Bergerac a fait des voyages aux états de la lune & d ceux du soleil.*
(2) *Ces Messieurs oublient qu'ils sont morts ; la même chose arrive quelquefois aux vivans.*

Un Auteur dont le livre eut les plus beaux succ...,
Et qu'on a surnommé l'Arioste Français.

### S. FOIX.

Il se peut qu'en effet un stupide vulgaire
Vous ait donné ce nom qui ne vous convient guere;
Mais Voltaire a détruit ces honneurs d'un moment.
Ne convenez-vous pas que cet Auteur charmant
Vous a débaptisé ?

### BERGERAC.

D'accord, cela peut être ;
Mais qu'il soit le vainqueur d'Arioste mon maître ;
C'est un propos absurde, un paradoxe vain,
Qu'on ne me prouvera que l'épée à la main.

### S. FOIX.

Eh ! que demandez-vous, n'étant qu'une vaine ombre !
Je ne puis vous tuer. Si de l'empire sombre
Le fort un seul instant changeait les dures loix,
Vous seriez déja mort une seconde fois.
Il faut donc raisonner, ne pouvant pas nous battre,
Je ne puis admirer le Chantre d'Henri-Quatre
Alors que de Clio conduisant le burin,
Il trace le tableau des mœurs du genre humain ;
Car je suis son vainqueur dans le champ de l'histoire ;
Mais je ne puis aussi lui disputer sa gloire,

Lorſque badin & grave, il célebre à la fois
Les faibleſſes d'Agnès, de Jeanne les exploits.
Celui qui vous ſervit de maître, de modele,
Au goût, à la raiſon quelquefois infidele,
Egare ſes lecteurs, & les fait voyager
Trop fréquemment peut-être en pays étranger.
Sa (1) monture chérie, & que l'on ſuit à peine,
Bat ſouvent la campagne & court la pretentaine ;
Celle de Jeanne d'Arc, d'un pas moins incertain,
Du Parnaſſe, je crois, trouve mieux le chemin,
Elle tient par le ſang de plus près à Pégaze.
Angélique me plaît ; mais je ſuis en extaſe
Aux genoux de Sorel, quand je la vois toujours
Expoſée aux dangers compagnons des beaux jours,
Toujours les éviter, toujours quoiqu'elle faſſe,
Quand le ſort l'y contraint, céder de bonne grace.
Elle ſeule à mon gré, vaut tous les Paladins,
Tout ce qu'a d'admirable Alcine en ſes jardins
Et près d'elle, en un mot, le beau Page Monroſe
Me retrace Zéphire amoureux de la Roſe.

### BERGERAC.

L'hyppogriphe voit l'Ane au bas du double mont ;
Et Monroſe s'éclipſe auprès de Rodomont.

(1) L'hyppogriffe.

S. FOIX,

## S. FOIX.

Rodomont vous plaît fort , & vous avez , je pense ,
Avec ce Guerroyeur plus d'une reſſemblance ;
Vous fûtes , m'a-t-on dit , tant ſoit peu ſpadaſſin ?

## BERGERAC.

De m'inſulter , je crois , vous avez le deſſein ?

## S. FOIX.

Je dis la vérité.

          Tout bouillant de colere ,
Bergerac à ces mots , fond ſur ſon adverſaire.
Semblables , aux Champions , que d'un léger pinceau ;
Dans ſon repas comique a jadis peint Boileau ,
Nos deux braves ſoudain s'accrochent ; ſous l'ombrage
Arioſte non loin corrigeait cet ouvrage ,
Auteur de leurs débats , ſans achever ſon vers
Il accourt aux clameurs qui rempliſſent les airs.
O ſurpriſe ! ô douleur ! il voit ſon brave émule
Prêt à mordre la poudre aux pieds d'un autre Hercule :
Il frémit ; ſur ſon front s'agitent ſes lauriers ,
Faible (1) , & quoiqu'inhabile aux combats meurtriers ,
Il attaque S. Foix : celui qui fit l'Oracle
Du nouvel aſſaillant triomphe ſans obſtacle ;

_____

(1) _Louis Arioſte était faible & d'une conſtitution délicate._

C

Mais quand de fa victoire il s'enivre à loifir;
Bergerac, qui, toujours conferve le defir
De venger fon affront, le faifit par derriere,
Et vainqueurs & vaincus roulent fur la pouffiere

Tandis qu'ainfi l'on fe gourmait,
Je fortis du réduit fecret
Où je n'étais vu de perfonne,
Pas même des fiers combattans,
Et je ramaffai leur couronne
Que j'efpere garder long-tems.

Je n'avais pas encore ofé regarder Voltaire
en face : lorfqu'il eut achevé fon récit, je levai
jufqu'à fon front un regard refpectueux, & j'apperçus fur fa tête fept à huit couronnes enlacées
avec grace l'une dans l'autre, & attachées enfemble avec un ruban couleur de la ceinture de
Vénus. J'allais lui faire quelques queftions ; mais
une Ombre nous annonça que J. J. Rouffeau
venait d'arriver dans l'Elifée, & nous courumes
tous trois au-devant de ce Philofophe célebre.

# RÉPONSE

# DE CORNEILLE

*À une Épître qu'on lui a adressée dans le Journal de Paris.*

# AVIS
## DES ÉDITEURS.

QUELQUES *jours après qu'on eut donné* les Muses Rivales, *il parut dans le* Journal de Paris *une Epître à Corneille, qui fut bientôt suivie d'une Réponse. Cette derniere réuſſit moins par la correction du ſtyle que par l'eſprit de juſtice qui y régnait. L'Epître à Corneille eſt fort jolie ; mais on fut un peu fâché d'y voir l'Auteur de Mahomet aſſis au bas du trône de l'Auteur de Cinna. L'Amateur qui fait répondre celui-ci, donne à Voltaire une place plus élevée & plus décente. Sa Piéce, qui n'avait pu être faite que très-rapidement, reparaît ici avec des changemens conſidérables. Nous la croyons plus digne du grand Homme qu'on y fait parler, du grand Homme qu'on y défend, & du Poëte aimable à qui elle eſt adreſſée.*

# RÉPONSE
# DE CORNEILLE.

Grand merci, cher Parisien,
De ton Epitre enchanteresse;
Dans le séjour Elisien
On l'a remise à son adresse;
J'ai lu deux fois ce joli rien.
Tu m'apprends que sur mon théâtre,
D'un nouveau Roi qu'on idolâtre
Le buste vient d'être placé.
Je connais ce nouveau Monarque:
Graces aux bontés de la Parque,
Ici nous l'avons embrassé.
Mais dis-moi donc pour quelle cause,
Quand mon front est toujours serein,
De la nouvelle apothéose
Vois-tu la pompe avec chagrin?
Moi, je fus toujours un bon-homme;
Dans mes Préfaces qu'on renomme
J'ai moi-même de mes défauts
Offert une liste assez ample,
Et n'ai pas cru qu'à mes rivaux
La gloire dût fermer son temple.
Une frivole vanité
Ne fut jamais à mon usage,

Vivant, j'aimai la vérité ;
Mort, je l'aime encor davantage.
Je chaffai les ufurpateurs
De l'empire de Melpomene,
Et par mes efforts créateurs
J'aggrandis même fon domaine ;
Mais dans mes drames les plus beaux,
J'ai des hémiftiches grotefques,
Et l'on fait bien que mes héros
Sont par fois un peu gigantefques,
Dans un commentaire favant,
Du défordre de mon génie
Et de mes vers fans harmonie
Voltaire s'eft moqué fouvent :
De bon cœur je le lui pardonne,
Eclairé par la vérité ;
Plus fouvent encor il me donne
L'éloge que j'ai mérité.
De fes critiques bienfaifantes
Qu'il n'ait jamais aucun remords ;
Il met dans mes mains ignorantes
La clef de mes propres tréfors.
Meffieurs du Parterre & des Loges
Souvent m'adulent à l'excès,
Et mes nobles Mânes jamais
Ne rougiront de fes éloges.
Ce n'eft pas tout. Je me fouvien
Qu'il dota l'une de mes nièces ;
Il fit peu de mal à mes pièces,
A la petite il fit grand bien.

Pourquoi veux-tu que de la scene
On me bannisse avec mes fils ?
Sur le trône de Melpomene
Plusieurs Rois peuvent être assis.
Si par un charme à qui tout cede,
Tancrede déloge Cinna,
Bientôt usant des droits qu'il a ,
Cinna délogera Tancrede ;
Que ce brave & hardi Romain
Contre son Emule conspire ,
Qu'à le détrôner il aspire ,
Je crois que Rodogune en vain
Prétendrait détrôner Zaïre.
Je l'ai lue & relue enfin
Cette Zaïre, écrit divin ,
Où d'un amant féroce & tendre
On adore les cruautés ,
Où les défauts sont des beautés
Qu'on voit sans oser les reprendre,
Et mes lauriers sont humectés
Des pleurs qu'elle m'a fait répandre.
Je lis encore , je relis
Mérope , Mahomet , Gengis.
Mon dessein n'est jamais d'instruire
Le spectateur qui m'applaudit ,
Mon but est rempli s'il m'admire ;
Voltaire plaît, étonne, instruit.
Est-ce à moi seul qu'est dû l'Empire ?
J'en doute.... Ce mortel hardi ,
Tout Paris s'en souvient encore ,
Fut le vainqueur, à son aurore,
De ma Muse dans son midi.

Guzman, par l'exemple qu'il donne,
Parle au cœur de l'homme de bien ;
Et mon dévot Arménien
N'a jamais converti personne.

Dans ma centenaire tu veux,
Me rendant ma vieille couronne,
Faire asseoir au bas de mon trône
L'Auteur si cher à mes neveux ;
Prends garde à ce que tu vas faire :
Dans ces bosquets délicieux
Il vient de descendre n'a guère,
Et moi, déja je suis bien vieux.
Près de la Seine & de l'Averne,
Le mérite le plus moderne
N'est pas celui qu'on voit le mieux ;
Quoi qu'il arrive, j'ai des yeux,
Et si par hasard ton audace
Aux marches de mon trône place
L'Auteur de tant d'écrits vantés,
Vengeant l'affront fait à sa cendre,
Moi, je te jure de descendre
Pour le placer à mes côtés.

### F I N.

www.ingramcontent.com/pod-product-compliance
Lightning Source LLC
Chambersburg PA
CBHW060845180626
46818CB00004B/1596